JN117198

短歌集

テラリウム2020

石井　彩子

文芸社

目次

テラリウム2020

今はもう遠くに行くことかなわぬ夢
世界の分断　泣くのは誰か

病ゆえ　お国がゆるりと鍵かけて
地球は見えない籠の鳥なのさ

神々が　戯れ交じりに創ったか
地球という名の青いテラリウム

残念な現実　我らは皆等しく
テラリウムの住人だという

地球上　空はどこでも平等に
宇宙を透かし　青く広がる

満月に梯子をかけて登ったら
手が届くかな　アポロの夢跡

雲覆う空に光の乱反射

誰も見てない　孤独な花火

観客のいない暗夜のショウタイム

光の華に　願いを込めて

未来とは不可視の殻の内側さ
宇宙の落とし子　それが僕たち

日常ワンカット

別れ際　君と交わしたＩＤに
　　新たな電文　無きまま半年

一本の傘の下触れ合う肩と肩
　　君の香りに頬が赤らむ

恋という広い海に泳ぎ出て
　君に溺れる　君が溺れる

空浮かぶ真昼の月の儚さに
　脆い初恋　重ねてみてる

幸せな恋じゃなかった　そう思う
耳たぶピアス　涙色に染まる

延々と私を縛った恋心
サヨナラの鋏で　一刀両断

あかあかと　燃えゆく雲に手を伸ばし
二人の想い出　灰に返そう

新しきジーンズを纏い鏡の前へ
無垢なインディゴ染める快感

独りきり　バーで飲み干すカクテルの
味わからぬほど子供ではなく

物思い　珈琲入りのマグを持つ
指先こっくり　ボルドーレッド

書の上に　檸檬爆弾　仕掛ける人
それを処理する人　ツイートする人

ツイッター　見つけた便りに　笑み浮かぶ
「今日もカワセミ来訪しました」

桜貝色に染まったこの爪で
蜜柑の皮をむけというのか

生まれつき一度も染めたことのない
我が髪色は我が誇りなり

いい声で啼けよ遊べよ小鳥たち
布団の中から我も見守る

心から安堵するのは二次元で
動物たちと戯れるハロウィン

しとしとと　土に染み入る雨音を
　ただ数えつつ　今日も過ぎゆく

掛け時計　夜の時刻を指したなら
　スマホはオフして活字の海へと

誰か来る　銀の海原　棹さして
彼岸に佇む我のもとへと

青空の下駆けまわる子供たち
青い鳥はね　近くにいるよと

手を伸ばせ！　高き天のその果てに
一等光る星をその手に

四季彩

突風が　葭簀（よしず）乱して　駆け抜ける
大風来るぞと大音量で

夏空を切り裂くような稲光
連れてきたのは　秋の訪れ

おそろしき野分が去って空の色
秋へ向かって一歩前進

夏過ぎて　秋来たれりと　風が言う
日差しの強さは　夏の落とし子

日を追いて　夏遠ざかり　秋来たり

過ぎたる雨は　夏の涙か

青空を自由に渡るイワシ雲

天を流れる海流に乗って

おおかぜが吹けば落ちるが身のさだめ
蒼き眼(まなこ)の　どんぐりたちよ

背比べ　することもなく落とされた
蒼き眼(まなこ)の　あかんぼどんぐり

華咲いて燃え落ちるさま　焔のよう
曼殊沙華の紅激し

亡き人を　偲ぶ桜の木の下に
天上の華　白き曼殊沙華

ああ秋だ！　マスク外して　振り仰ぐ
金木犀は　本日満開

香水の香りを纏う金木犀
包んでおくれよ我の心も

風花が踊る季節はまだ早い
　今は紅葉(もみじ)を　楽しませておくれ

河川敷　金色尾花を愛でながら
　吹き抜ける風に冬を感じる

日を重ね　布団のぬくもり　いと恋し
深みゆく秋　肌で感じる

肌寒い　夜明け前なら尚更に
ケット巻きしめ　キミのこと想う

星降る夜　眠れぬ窓辺　耳澄ます
聞き漏らすまい　最後の虫の音

刻々と　時雨（しぐれ）の色に染まりゆく
庭見て我も冬服を出す

つむじ風　我の頬を逆撫でる
秋ですらない初冬の黄昏

マスクして　フラペチーノに並ぶ人
列の合間を木枯らしが吹く

青空に翼広げて飛べ白鳥

ヒナたる我はここで待つから

ほの暗き天より六枝(りくし)の花降りて

今年も冬の訪れを告ぐ

国内で　雪と真夏日　同居する
日本は広いことを感じる

スーパーで今が盛りと飾られる
苺の旬に感じる違和感

キラキラと　天から宝石降り注ぐ
冬の夜空が魅せたマジック

空見上げ　溶け込みたいと　ふと思う
聖夜の星降る　静寂の中で

神はいない　誰かが小さくつぶやいた
　　イルミネーション輝く中で

ポケットに　こごえる指をにぎりしめ
　　ひとりで歩く　サヨナラ聖夜

宵の闇　白梅ほのかに香りつつ
　　春よ来いとつぶやいている

香り立ち　儚い程にほろほろと
　　白梅が散る　星屑のように

白梅の花びらはらりと路になる
　歩みを止めるな春の先触れ

紅椿　月の光を浴びながら
　まっすぐ下へ雪の褥（しとね）へ

彼方から木漏れ日静かに降り注ぎ
　春が来たぞと囁きかける

風の中　花の香りをふと感じ
　見上げた青空　宇宙への路

ただ神が無意識のうちに筆揮(ふる)い
春の里山　神秘の色彩

春告げるシロツメクサの花畑
ウマゴヤシの名は忘れていたい

春の使者　見落とすなよと袖を引く
お日様夢見るダンデライオン

そよそよと風吹き渡る草原で
ヒナゲシが揺れる春のひだまり

井戸でなく　水道水で春を知る
変かな私　ねえそこの猫

青空に溶け込む白きさくらばな
風に揺られて　春を彩る

薫風に身を任せては散り落ちる
　　今が盛りの哀しき桜よ

一陣の風に踊るは　さくらばな
　　主（あるじ）なきこと　気づかぬ如く

枝伸ばし　灯るぼんぼり　八重桜
　月光浴びて紅に色づく

八重桜　散る散る花弁　薄紅の
　牡丹雪ふわり　舞い踊るよう

一夜明け　川面(かわも)を埋める　花筏
潔(いさぎよ)いとはこういうことさと

青空の硬質感は解け崩れ
季節は進むよ　若葉を従え

緑陰を吹き抜けていく涼風が
我を包むよ　初夏のひと時

橘（たちばな）の花の香りが爽やかで
胸に満つるは希望の光

アジサイの青がどこか悲しげで
雨よ降れ降れ　流せよ悲しみ

水無月の雨はしとしと降り注ぐ
我の涙も消してくれたら

ゆっくりと時間流れる梅雨寒の
部屋にて独り毛布にくるまる

空涙（からなみだ）降る気さえない七夕に
織姫彦星今年は会えたね

黒雲よ　横切らないでよ天の川
　やっと出会えた織女牽牛（しょくじょけんぎゅう）

朝に咲き　宵に堕ちるは夏椿
　苔の褥（しとね）に眠れ屍

熟れていく　水蜜桃のやわやわと
　肌のあたりは赤子にも似て

ひと夏に一度は飲みたいメロン味
　クリームソーダは郷愁の味

八月の窓辺で一人したためる
良きこと届け　未来の君へ

大好きな、ハワイ

外(と)つ国(くに)の輝く空に思い馳せ

窓から見上げる梅雨寒の空

行きたいな　感じたいなぁと　胸焦がれ

梅雨の宵闇　想い出に沈む

ふと灯る　心にともしび　赤々と
朝焼け燃ゆる　ハワイを夢見て

夜間飛行　きらめく翼をもつ鳥は
外つ国(とくに)目指しひたすらに飛ぶ

成田から飛び立つ鳥の胎内で
　また今回も眠れぬままに

生真面目にスーツケースに鼻を寄せ
　水際で危機食い止める俊英

空港を出て大空を見上げると
　虹の島からのウェルカムアーチ

青空にかかる二重の虹の橋
　ひと雨あがりの粋な演出

貴婦人の如き気品を醸し出す
　バラ色ドレスのオールドホテル

紺碧の空に映えるは白き花
　ガラスの香水香るプルメリア

香り高き　ピカケのレイを身にまとい
貴女は幸せ？　聞いてみたいな

時差ボケで日も昇らぬのに目が醒める
たまには歩くか　アラモアナまで

一万も歩いてみてもまだ足りぬ
ぐるり一周アラモアナセンター

南国の息吹感じるテキスタイル
纏ってみたいな　自由と共に

このままで　胸にずっと飾りたい
朝日の欠片（かけら）閉じ込めたシェル

ムクムクと　探検心が湧いてくる
巨大スーパー　さあ何を買おう

太陽が海に溶け込むサンセット
　時にそれは奇跡と呼ばれる

海越しに皆待ち望む金曜日
　キラキラ花火　一瞬の幻

ワイキキのファーストレディも薄化粧
皆が浮き立つ常夏のクリスマス

尻尾振り波打ち際を駆ける犬
ドッグランより気持ちいいよね

毎朝の散歩の後に熟考す
今日は何処で朝を食する？
とりあえず今朝はここから始めよう
頬張るひんやりアサイーボウル

ワイキキの朝は少し特別な
水晶の欠片(かけら)振りまくよな日差し

青空と花の香りをまとう風
そぞろ歩きの私を追い抜く

通り雨　上がった後のお楽しみ
虹はかかるか清（すが）しき空に

フラフラと歩き疲れた体には
シェイブアイスが心地よい癒やし

なぜここで巡り合ったか問うよりも
　買ってしまおう　理想のスニーカー

カイルアの小道をユラユラさまよえば
　ブーゲンビリアに幻惑される

白砂の人もまばらな砂浜で
リュックを枕に　さあひと眠り

踊るよう　自由自在に鮮やかに
ウォールアートは街角の芸術

ハワイ旅　唯一絶対悩ましき
友への手土産　何を選ぼう

とりあえず　意思疎通はできたはず
拙い英語と拙い日本語

日差し浴び　火照った身体(からだ)に心地よい
ぬるい湯を浴び　さあ夜遊びへ

ワイキキの目抜き通りをあてどなく
猫の気分で歩く夜散歩(よるさんぽ)

集まりし皆が望むはビッグウェーブ
切り裂く勇者は不敵に見つめる

ついに来た　今年最初のビッグウェーブ
勇者よ挑んで来いとばかりに

海に落つ夕日がつくる影絵舞台
　黒いヤシの木　踊るフラガール

夏なのに防寒服の襟立てて
　山頂で仰ぐ銀の星屑

朝早く　ロコに交じって頬張るは
山登り後のご褒美ご飯

上戸ではないからこその悩ましさ
ポケはおかずか　酒の友かと

フワフワでも装飾過多でもないものを
探して今朝もパンケーキ巡礼

行列の一番後ろに並びつつ
美味か否かはまるでギャンブル

信号待ち　ふと足元に視線（め）をおとし
　タイルのハワイ語一つ発見

街角でこんなところもハワイらしい
　虹の色切り取るシェイブアイス

朝日待つまだほの暗いビーチでも
　波とたわむる若人はいる

潮風に　髪遊ばせて　気怠げに
　舳先（へさき）に座り朝日待つ人

陽だまりに咲く花　名前は知らねども
パッと目を引く南国の色

この地にて自然と人は友となる
クレーターの中植物の楽園

天国の海と呼ばれる楽園で
サンダル脱ぎ捨て波と戯る
ハワイにも竜宮城はあるらしい
幸運の使い　我が眼前に

ウクレレをつま弾く指先迷いなく
癒やしの音色　空にたなびく

魂を込めた両足地面打つ
神へと届け我らの祈りよ

大の字の　ベッドから行く　夢空路
青い島まで　想いはひとっ飛び

あとがき

２０２０年。
全ての人にとって、さまざまな意味で忘れられない年だろう。

コロナウイルスの世界的蔓延。
ロックダウン。
増え続ける死者。
後手後手に回る各国の対応。
憎しみ合い、攻撃し合う人々。

物理的・精神的に分断されていく世界。

固く目を瞑(つむ)っても、きつく耳をふさいでも、毎日毎日いやでも暗いニュースに触れることになる。

救いのない世界。

まさに2020年はそう感じた方も多いと思う。

そんな救いようのない2020年だったが、一方で自然は歩みを止めずに巡っていた。

春のうららかな日差しの中、爛漫と咲き誇る桜。

カエルの声を呼び水にするように始まる長梅雨。

強烈な暑さが続いた夏。
焼け付く日差しが若干和らいで、ほっと一息つける短い秋。
空気がピンと張りつめ、風が頬を切るように冷たい冬。

たとえ我々人類がどうであろうと、自然は何も告げず、ただ静かに巡っていく。
それのなんと美しく厳然としていることか。

今回の歌集で、私は暗い影のような世の中から、できうる限り美しい光を拾い上げたつもりだ。光を集めたこの歌集が、読者諸兄の胸に光を灯すことができれば、望外の喜びである。

どんなに暗い闇が続こうと、いつかは出口が見つかる。そして縮こまらず顔を上げれば、世界はこれほどまでに美しい。

陳腐な言葉であるが、これが私の本心だ。
この言葉を〆に、今回は筆をおかせてもらう。
この未曾有の厄災が一日も早く晴れることを心の底から願って。

２０２１年初夏　石井彩子

著者プロフィール

石井 彩子（いしい あやこ）

1978年４月生まれ
東京都出身
趣味：読書、一人旅、美術鑑賞、ゲーム、散歩

24歳の時より、うつ病とそれに付随するもろもろの精神不安及び不眠症に悩まされ、現在も通院治療中。

極度の活字中毒で、カバンの中に常に本か電子書籍端末が入っていないと不安になるレベル。読書傾向は、エッセイ、旅行記を中心に雑多。

漫画もたくさん読む。が、ホラー小説と漫画の極端なグロテスク表現・流血表現は大の苦手。

＜著書＞
『短歌集　空からの羽根』（2015年、文芸社刊）
『短歌集　蝸牛は歩む。』（2017年、文芸社刊）

短歌集　テラリウム2020

2021年７月15日　初版第１刷発行

著　者　石井 彩子
発行者　瓜谷 綱延
発行所　株式会社文芸社
〒160-0022　東京都新宿区新宿1－10－1
電話　03-5369-3060（代表）
03-5369-2299（販売）

印刷所　株式会社フクイン

ISBN978-4-286-22767-2